賦得鹿冠壽杜東原

仙客江陵看獵還黄衣分得製為冠一方新様塵難入數點竒文雪未乾蔚散肯隨何氏起清高不許貢生弾杜君儀表添君壽却笑孤裘只禦寒

再壽杜東原

珊瑚文彩玉精神只許前身是洞賓雙闕未陳推鶚表五湖今老釣魚人清風薜荔吟邊路雲雪芭蕉画裡春延緑亭前稱壽日笑陪仙子話揚塵

○送徐七公子誌

歲暮離情十倍深梅花正好却分襟青山故國三更夢黄鵠西風萬里心高士只令推孺子少年休更侮淮陰輕車明日毘陵道又向誰歌白雪吟

和徐七公子杜遊倡和韻二首

子長踪跡子雲才勝水名山載酒来過楚不題鸚鵡賦入呉先咏鳳凰臺千金劍向尊前舞五色花從筆上開為報長卿今已老詩壇相見莫相猜

将門拭目見儒冠文彩分明錦一端行古不求先達引語新多得異書觀覽曈威鳳知天近破浪神魚識海寛明日肩輿肯相訪與衣沽酒共盤桓

送孔誠學還闕里

襟懷落〻語温〻不問猶知孔聖孫泗上松楸先壠在壁間蝌蚪舊書存乘乾極目雲千里薇省論文酒一尊歸去東山春正好授徒應喜復開門

壽陳孟賢

緑水園池露氣清隱君初度集簪纓松枝不入三更夢詩卷長留一代名碧海仙桃金母送絳帷春酒玉人行自憐踈懶休官者為祝靈椿又到城

送孔■還山東

素王孫子邁常流西渡乘乾作勝遊雙璧已成佳婿聘一尊重為故人留吟壇白雪傾人耳歸路青山對馬頭傳得太平消息去邊城今日似中州

養拙為薛時用賦

抱甕辛勤灌未休此心應共丈人侔蛇曾入畫羞添足屋得安居任打頭寸地不耕留與子一壺長醉勝封侯垂竿昨日兒童笑嬾去敲針下直鈎

送鄭僉事子扶母柩歸越

客裡分違乏贈金彩箋惟寫蓼莪吟寒衣尚有千行線春草難酬一寸心蘭棹南征滄海近栢臺西望白雲深遥知廬墓稽山下夜夜慈烏集故林

送錢奉議子行素歸養祖母

璚枝楚楚邁風塵况復青年出語新在客争誇好孫子還家重養太夫人衣沾聖母祠前雨酒醉陽關曲裡春回報乘槎天上使冀州今日有嚴遵

送周宗盛致仕

倦翼南飛下海天知機那待雪盈顛嵇山不棄尋詩屐鏡水能容載酒舡往事十年春夢裡閒雲一片晚風前盧鴻畫筆君無忝應有新圖與世傳

沈陶菴賞菊二首

落日南山遠送青籬邉覔句和淵明花如去歲
芳姿好人覺今年老態生醽醁直須鯨吸盡蘭
干不用寶鞭成醉歸飛梦知何處五栁庄前月
三更

未落江南重露秋錦香亭下得重遊寒花也鮮
迎人笑⿰犭奎容何曾待主留覶相園池空富貴陶
家籬落自清幽延年不讓仙人杖釆入瑶觴奉
白頭

題沈石田秦淮別意

慷慨襟懷俊逸才壯遊初上鳳凰臺五陵歌舞
無心戀一夜庭闈入梦来木葉暗隨秋露下江
帆寒逐暮潮開清時莫道功名晚桃李公門次
第栽

送陳允德

丹鳳翩〻別舊枝我来分袂不傷離
朝廷正是脩文日宰相方當吐哺時江上月明
潮送客馬頭雲黑雨催詩清秋准擬京華會笑
觧金龜醉一卮

退一步為錢歸菴賦

夢覺紅塵一觧顔便從湖海掩柴關才能莫道

終無忌富貴何如蚤得閒秋水白雲心淡〻曉霜青鏡鬢斑〻隣翁不解知人意猶向尊前話觸蠻

寄陳孟英

抱道羞彈貢禹冠絳帷移得近仙壇漆堅情好通雷義玉潔文章授李盤梧上暖雲留鸑鷟洞中香雨長琅玕梅花更說西湖好歲晚期君載酒看

壽薛時用

似君才調最堪憐補壁吴鈎在眼前蓂莢藏來

纔五日桃花開過又千年珠璣唾落紅塵外玳瑁筵開緑水邊直把南山祝君壽年〻同醉早秋天

和項日章見寄韻

中酒高眠未褁頭滿庭黄葉走清秋十年故舊来如夢百歲光陰去若流移床就月梧桐井濯足看雲杜若洲虎卧龍跳今入妙惟應道士得相求

送錢伯常

君祖而翁術最精君才能振舊家聲尋常施藥

誰圖報多少貧兒得再生杏樹種連三畮宅鶴
書飛下九重城贈行娓娓無他語醫國殷勤荅
聖明

寄薛時用

折梅曾送上輕車回首那堪又歲除南去鄉關
千里梦北来鴻鴈幾封書故家文獻君能繼蔚
華功名我不如賔館舊時風月在莫弾長劍嘆
無魚

賦瀛洲壽友人

緑髪仙人閃電眸玉皇新賜住瀛洲琅函寳軸

三千字明月清風十二樓海上白波曾作地洞
中瑶草不知秋逡巡酒熟無凡客只與風流學
士遊

挽陳學士緝熈父母二首

烏鵲橋邊屋數椽曾聞教子似常賢蠅生玉上
終非玷鶴化遼東已是仙風木含悲依舊寵誥
花流綵到重泉玉堂學士碑文在芳譽從教百
世傳

九重霄漢使星飛迎得魚軒海上歸綵線未開
今日手剪刀曾斷舊時機龍香

來雙眼便空入扁舟昨日山陰過書法親傳寶

李真

題孫大參所藏王宰耕山水

筆底能移造化機王郎全以米元暉潑墨須松葉

雲來暗洞口桃花雨過輪蹄鳥不驚上客紛紛洋

嵐常滿青谽衣披圖莫浪題興感記得鑑漁生

翠微

擬沈石田與子

舟次鴛飛日影含情誰復東門江頭父果

千金子白髮謠傳四世孫庭下寒衣空入楚業

頃翻墨蛇龍撼杜堂早晚春風動又見宣思發

籬根

醉漁為周宗道賦

白頭漁父酒為生曲句江渾煙水獨醒狂樂入原田

鈷以家春山開眼小如屏春眠林滿煖花雨晚

激舟擴杜洛汀回放馬陵溪上客歸言從此不

須漁

賦得漁庄歸興送周宗道歸省

束書歸真舊漁蓑白首沙頭賦大漁醬鷗留入

奄絆詰海鷗識仗不驚飛青上影沙邊回首回

斗聲中醉落暉明日仙源問消息桃花飄滿緑
蓑衣

送表兄吴士明還海州

閶門楊柳晓依〻此日那堪悵遠違鴻鴈及時
皆北度鶺鴒隨雨獨西飛壯年莫使塵星劍清
世無勞賦式微慚我明年朝
帝闕尺書休遣寄來稀

題范伯和西齋別意卷

三年賓主重交情此日携書問去程冬被有心
溫阿母春風無意及諸生西齋雪後雙扉掩南
澤烟開一棹行遥想承歡多暇日石田重向故
園耕

送鄒克明

康莊千里净浮埃匹馬翩〻上鳳臺烏帽晓沾
花露重玉鞭晴拂嶺雲開孝親克盡居喪禮報
國寧無濟世才入覲擬承前席問漢庭重見賈
生来

水雲為方志清道士賦

片影無心入翠微貝宮應是好相依葛陂浪潤
從龍去遼海風清伴鶴歸河伯不嫌迷晓夢水

泛龍去遠海風清洋翻河伯不嫌迷蹤夢求淵
行游無心人舉微負宦應是好相依舊暇消閒
水雲為方去清道士賦

往來

國寧無濟世才人觀擬承前席問漢庭重見賈
生潞重王難情拂濱雲開芥競克書居要禮賤
虞從千里浮沙匹馬歸〻上鳳其宮唱曉吉
送辭克明

國詩

濃烟開一棹行遙相承藥多暇日石田重向故
溫阿安春風無窮又語去西齋運後難庵南
三年賓主重交情此日據書問去貌欲有心
題范伯林西齋遊章卷
帝閣又書本遺淨來稀
世無游賦文鶴微懶救明年朝北年莫使蓮是無清
在北度鶴隨向獨西飛那北堪懷遠遊過不晴
閭門楊柳曉依〻此日明那懷
送秦凡昊士明湖禪
跋文
千載中興洛陣明日仙源問消息桃花飄遊歸

仙曾借補春衣我来何處尋踪跡直過漁翁舊
釣磯

陳醒菴嫁妾以詩嘲之

不比王嬙嫁紫臺画橋東去即天台白鷳自喜
今朝放紅藥從教別處開熏被香寒空結梦凌
波襪去易生埃出門更囑勤針線先製斑衣贈
老莱

抱鶴子為顔公懋賦

風流扁鵲世間稀仙術能馴兩令威山館此時
閒抱弄洞天前日借騎歸童顔色映丹砂頂老
眼光摇白雪衣一笑放回花逕去數聲清唳送
斜暉

贈顔公懋幼子

五十年来鬓未絲手中冉冉弄玉麟兒誌公已恨
摩浮晚宣父應憐抱送遲紅錦被香還共卧紫
羅囊鮮不須悲待看長大承家業接武嚴君作
世醫

壽陳紹先九十

通波坊下水潺湲隔斷紅塵市上喧閱世已過
三萬日著書不特五千言碧桃和露開仙府翠

竹凌霜老故園聞說頻過蔡經宅可能容我候飛軒

草庭為周公瓚賦

隱居原住白鷗沙祖武能繩士共誇窓外一庭皆是草眼前無地更栽花幽香入夜牽新夢生意逢春遡故家物：由来含太極坐看渾忘鬓毛華

南園雅集圖

冠蓋從容載酒過景星威鳳照雲蘿良工粉墨圖西洛内史文章紀永和滄海莫言歸客少白頭翻喜故人多風流回首今何處一半凄凉薤露歌

壽張致和六十

世業傳来二百秋至今方藥任人求庚申昨夜誰留意甲子今年又起頭盡說神仙棲碧海那知城郭有丹丘浮生莫問青瞳壽十屋纔添第一籌

琴月為杜弦之賦

吳剛父慕伯牙名飛下南樓照紫璃合璧斷文千古在孤桐仙桂一般清山河影裡秋憑度霹

霹靂聲中玉兔驚曲罷同觀羽衣舞又翻新譜到
吳城

喜宗弟以則以勉迎俟沙頭

咲携諸子出烟蘿俟我應憐百里過瑪瑙杯深
慚量淺棣棠花近覺香多青山不管人間事白
日渾如海上波明發孤舟南浦外一聲斷鴈柰
愁何

宿虎丘留題清慧堂

休官無事不從容况復相逢是贊公七里青山
西郭近一宵禪榻故人同燈前筆洒金壺墨衣
上塵空玉麈風明日遊踪又何處真成雪渚集
飛鴻

松竹為節婦詩

蕭蕭翠竹映蒼松正與共姜節操同白鶴不歸
無別梦綵鸞飛去有清風凌霜老榦逾千載得
雨新梢出半空此日慈顏增喜氣歲寒生意滿
圖中

張真居墓

龍井親分水一杯風篁嶺下重徘徊青牛去後
人何處碧草深時我獨來劍氣消沉寒猋起璈

音稀寞斷猿〻哀松邊愁聽耕夫說昨日丹經出
夜臺

謝人彩箋

數幅含香質更華寄来新自浣溪涯素逾陰壑
三冬雪紅奪春江一片霞拂拭頓輕南國絹寶
藏不異玉堂麻他年擬寫天人策拜上唐堯
聖主家

送沈元復歸

齊女門邊酒一觴別情離思兩茫〻春風游子
衣將換暮雨王孫草漸長寶劍此時磨赤土塵
纓何處濯滄浪到家惟有虞山色依舊青〻對
草堂

挽趙孝子二首

越山尋遍又吴山不見慈親誓不還萱草幾年
空入梦彩衣何日遂承顔婺裹獨〻秋風裡孤
棹匆〻夕照間書錦坊前迎拜處忍看和淚說
間關

白髮迎歸願已伸故園遺業喜猶存風塵始歇
今朝淚子母重全舊日情千里路遥江自汲一
冬天冷被常温最怜殁後蒙旌義千古人傳孝

子門

倪氏居安堂

茅屋無多地不寛住来三世得平安青𡊮已授嚴遵衛白髮羞彈貢禹冠咲對落花時皷腹坐臨盤石更持竿兒孫只解充耘耔不識人間道路難

留題寳濟寺

霞彩烟光照鬓絲山靈應咲我来遲休官未學陶彭澤結社先尋遠法師石上鳥啼花落後洞中龍出雨来時登臨已快平生志何必三山與九疑

贈甥徐有章

渭陽簫皷沸樓舡百里来過歲暮天自愧牢之令白首却憐無忌正青年坐傾竹葉愁如掃吟對梅花喜欲顛借問南塘喬木外幾家詩禮得相傳

吴節婦

年少家貧失所天粧資都作買山錢義姑有姪猶堪倚孝婦無兒最可憐日暮淚痕侵竹上夜寒燈影舊機前一從姓字書華表分得恩光照

九泉

題杜東原贈魏友松娣丈山水圖

寄来圖画憶當年剪水裁雲豈偶然老弟獨憐
親娣在諸甥多似外家賢碁聲夜襍燈前雨節
影春分谷口烟存没于今非画裡松花落盡澗
西邊

題陳啓陽寫山樓

朱雀橋邊紫陌西元龍樓與白雲齊[illegible]剪水
吴淞斷醉墨塗山華岳低原上幾年[illegible]先盡耳
邊何處夜猿啼始憐杜甫驚人句錯向劉侯画
裡題

送人之武當

東風書画滿樓舡問子南遊去幾年白浪夜翻
京口月緑蕪春醉洞庭烟人間事業渾如梦天
外樓臺别有仙知我京華相憶甚玉函先寄惧
真篇

送廣西千户進表還鎮

龍韜豹畧本家傳况復從儒事簡編冬表捧来
金闕下春官引拜玉階前一壺晓餞都門日疋
馬寒嘶嶺對烟[illegible]掌由来丈夫志好將功業勤

題漢[illegible]圖 當時曲來大夫志[illegible]
金闕下春官引年 王階前一疏乞骸[illegible]門日[illegible]
龍[illegible]界本家傳 況復[illegible]家[illegible]人今春來
送廣西[illegible]
真[illegible]
外臺別有[illegible]京華相憶[illegible]王[illegible]先[illegible]
京口月[illegible]春醉洞庭[illegible]入間[illegible]天
東風書畫[illegible]樓[illegible]南[illegible]年白浪夜翻
送人之[illegible]
題[illegible]

遙向[illegible]入白[illegible]畫
吳淞[illegible]山[illegible]上[illegible]年[illegible]盡日
米[illegible]西元[illegible]白雲[illegible]水
題陳[illegible]山樓
西[illegible]
[illegible]今[illegible]畫[illegible]
[illegible]人[illegible]
寄米圖畫[illegible]年[illegible]水[illegible]
題杜東原[illegible]大山水圖
[illegible]

燕然

與卜■夜話東岳廟

琳館珠宮暫寄身閬風吹盡客衣塵仙翁已作
清都長弟子能留故國人筆美綫山花底月茶
分陽羨雨前春自緣一别曾三載樽酒相將咲
語頻

徐竹庭水南别業

錦村南去草堂幽一片芙蓉水上頭圖愛王維
能自寫詩憐裴迪尚難酬尋盟後浦頻移棹避
暑前溪别置樓聞說九重頒詔日釣絲千尺未

曾收

哭妹

送兄曾勸蚕休官我已投簪汝盖棺謝朗句成
誰與和曹姑書在若為看松楸此日添新塚骨
肉無年叙舊歡腸斷金沙湖上路天空月白鴈
聲寒

靈隱寺題画

合澗橋邊緩步時眼前無處不清奇冷泉只合
聞公飲靈鷲惟應惠望知聽法龍來雲漠々散
花仙去月遲々老禪一見如曾識半夜挑燈和

待仙去月逢〻客擁一見如昔鬢半疎夜其題遊
閒以說靈隱〻淮〻應處說來知聽法龍來雲濛〻散
合酒橘邊霜後菊時眼前無處不清奇淪泉只合
靈隱寺題画

醉寒
內無年祭舊歌賜爵酒金沙湖上路天空月白應
難與和書古書在若為有松栘比日添新溪背況
逢況留衛爭本首故已恨殘者試吾諸朗句況
哭律

靈友
息吾到溪別墨墨閒說九重須語日念為十丈木
酹自寓詩將來迎詞難酬唱盟後浦頭教樟避
隱村南去草堂路一片煙落水上漢圖參王縫
徐竹庭求題別業

語頌
分陽美雨前春白綠一別留三載樽酒相逢笑
清都長占千峰秀故園人遊夫湖山花處月落
林翁泛宮暫臣退閒欲盡客來庭仙泊已作
與丁亥話東坡滿
滿點

我詩

和睢陽五老詩

老年林下共消閑羽扇綸巾錦襜冠疏傳早應辭漢主管生終愧霸齊桓龍蔵碧海雲猶濕鳳集丹山封不寒千古高風人仰止莫將圖画等閒看

公館卻金

共誇銜命得南遊君望鄉關只是愁凡骨尚寒泣未卜父詩將讀淚先流青燈水驛辭金夜画舫烟江聽雁秋不似當時南粤使蕭然空橐到蘇州

永思堂

父書祖硯久疑塵一度登堂一愴神四海幸逢全盛日九原難起亂離人寒窓夢逐鍾聲斷古墓愁蕪草色新自是百年流澤遠有孫簪筆侍楓宸

雪槎

海上仙槎穩駕來滿天飛雪正皚皚人如端木花中坐帆似支機石畔回玉盌有香浮瑠璃樓無處看塵埃酒酣拍手呼滕六驚起雙鷗過

林詩

和惟陽丘老詩

老年林下共消閒羽扇綸巾[illegible]

蹤漢王嘗生[illegible]

集再山訪不寒千古高風入[illegible]

聞有

公館[illegible]金

共[illegible]

近[illegible]

寄[illegible]

藥[illegible]

父書祖[illegible]

全盛[illegible]

慕[illegible]

編[illegible]

海上仙槎[illegible]

花中坐[illegible]

樓東書屋[illegible]

釣臺

洞天春晚

夫椒山下白雲中花遶仙家第一宮香露未和千歲藥碧簫先按五更風瑶臺漏靜河初淡閬苑書由日漸紅林屋由來通海屋添籌何必問青瞳

見山

君家茆屋對高丘日〻湘簾怕上鉤子袖不禁清淚濕親魂應與白雲游岩前煮茗遺泉眼谷口橫琴有石頭最苦清明佳節裡紙灰隨處起松楸

怡野

百畮私田老自耘草堂知不愧移文山林有曲歌叢桂城郭何人愛白雲窓靜捲簾延草色水邉移席近鷗羣春流莫送桃花出恐惹漁郎又識君

半隱

故國烟霞衣錦行有官誰似一身輕搆來書屋鄰江店買得瓜田接郡城翠袖晚風黃菊酒畫舡春水白鷗盟期君預拂松邉石細說閒情與

世情

澄江草堂

為愛滄浪隔市廛便移䒿屋近江邉潮生別浦舡争發門掩空山客正眠陶令自憐諸子懶梁鴻不愧老妻賢題詩借問能容否分我桃花渡口田

墨雲

趺寸曽經遍八荒米家收得到文房吴繒越絸纔畱迹素壁高堂晝有光晴上玉峯憑兎頴暗樓璃對帯龍香明朝借看糢糊景毛骨應添海氣涼

友琴

千里尋盟到嶧陽桐君自此識中郎不勞雞黍重相約直觧襟袍為作囊白雪歌詞曽唱和黄金世態任炎涼昨宵同宿芝蘭室分得清風滿石床

友竹軒

歲暮勞君伴此身頗將膠漆比雷陳交来自不令人俗老去何曽猒我貧逕造茂林烟外曉問安孤嶼雪中春兒孫更有忘年好誰為王猷意

獨親

玉澗

友公白馬只虛名争似君家玉澗清一道明河
天上落幾叢幽草雨中生直通玄圃常添潤斜
抱崑山自有情欲臨流分片石時時來詠濯
塵纓

湖湘勝覽

野鶴孤雲任往還塵中誰復似君閒壺觴聽琵
琶湘渚風雨看碑到峴山鸚鵡不飛芳草外鷓
鴣猶在落花間何當更鼓征西柁劍閣蛾眉次

第攀

思塋

拜掃憐君志願遂清明時節倍沾衣斜風細雨
春將莫萬水千山客未歸愁色不隨尊酒散夢
魂長繞墓田飛孝思贏得賢王筆存沒于今盡
有輝

梅澗

黃孤山下磵西頭清絕偏宜羽客遊百尺飛泉
雖進對一枝寒影不隨流風生彩筆詩初就月
轉雕闌笛未休幾度朝元花裡過暗香携得到

丹丘

愛日堂

衮〻年光逐水聲高堂人不似籛鏗漸看白髮千莖短安得紅輪四角生川錦買將縫綵服江流分去煮魚羹最憐昨夜逢長至宮線新添足慰情

月舟

法身曾趂木杯浮又駕慈航月下遊出世不求千歲藥渡江長載一輪秋桂香飄處清禪夢免影低時歌棹謳物色由來摠虛幻何須重看海

中漚

倚筠

白髮蕭〻對綠筠歲寒時節每相親可能一日無君子長與千竿作主人刮目忽驚龍角露盡籜偏喜鳳毛新客來莫道無花草冷淡交中別有春

行臺即事

鴈門迢遞接溪頭驄馬周詢未敢休六月雨晴方刈麥五更風冷尚披裘堯祠有像春秋祭汾水無情日夜流清世承恩無以報擬圖方略獻

宸旒

皇都勝覽

海内山川揔舊遊舉頭今喜見神州九重黄屋霞光繞十二金莖露氣浮聖德巍巍齊舜禹臣猷翼翼盡伊周南豐孫子才華美奏賦行看動冕旒

春雪

三白曾看在臘前又呈祥瑞入新年璚花綴滿山中對玉屑鋪平郭外田郢客有詞誇絶妙陶家無酒命婢娟老夫宜麥徧多喜一夜挑燈坐不眠

東園

物外田園倚釣沙不同金谷恣豪華兒迎曉日鋤瓜地客背秋風看菊花接竹引泉来別澗隔墻借酒問西家肩輿記得曾遊樂歸路高吟醉帽斜

天影閣

閣前方沼清無底愛看天光不種荷金鏡塵空秋影薄玉壺氷滿夜涼多一杯浮處花頻雨萬象呈時水不波莫道曹溪在人世上流原即是

銀河

豫讓橋

石梁零落水空流國士曾於此報讐往事自傷來去客青山不管古今愁寥〻野廟誠南是籍〻芳名史上收地下奸回不相見惟應長伴比干遊

晉祠

翠珉開遍壁間詩勝景嘶余獨到遲剪葉尚傳封國事引流空說灌城時岩前雨過苔皆濕松上雲來鶴未知田首平疇三萬頃令人忽動故鄉思

潞公亭

欄檻重〻倚碧流潞公此地昔曾遊坐當白鳥高飛處看到青山直盡頭小試暫爲栖棘鳳大才終作濟川舟我來空切懷賢意一曲陽春愧莫酬

郭有道廟

洛城風雨暗殘春心事都將付角巾古道尚能薰後進薄田猶足養慈親千金美玉俄埋地七尺穹碑不愧人今日經過拜祠下寒泉一盞薦

香蘋

介推廟

當年公子急求賢十里青山一火然事主已聞曾割股報功空惜有封田無窮祀事岩前廟不盡哀聲澗底泉寄語題詩来往客蔵山回首更堪憐

霍鎮

鰲頭矗矗倚青蒼爲雨長沾古冀方享祭逢盛代受封猶說自前唐衡陽鴈轉遥分影岳蓮開近送香此日捫參頻北望三呼萬君王

林塘書屋

閑戶先生厭市廛遠移茆屋住林泉芭蕉葉大遮書幌楊柳條長碍酒舡地僻任教魚鳥樂家貧只欲子孫賢沙頭昨夜虹光起賴有吹藜太乙仙

南湖書屋

南湖風景勝南垞搆得幽居近釣沙載酒舡尋揚子宅賣書人認鄴侯家魚較處窓含雪蚪攤時燭墮花却咲長安貴遊子輕裘肥馬是

生涯

登穿山

屹立晴沙翠作堆是誰移得小蓬萊雙崖不逐秦鞭去一穴渾疑禹鑿開挾雨龍從雲裡出看花人自洞中田酒酣倚杖層巔上笑指滄溟水一杯

湖山勝覽

子雲清興薄天隨一葉紅蓮汎綠漪赤壁簫聲隨月起洞庭帆影帶雲移秦人競引還家日漢女相逢解珮時邂逅鵜湖分半榻濯纓還看碧參差

精忠廟

鄙比師還事已休憑誰重報主君讎洛中故國非周土江左新亭半楚囚和議自遺千載辱蟈書空送兩宮愁傷心多少英雄淚付與漳河日夜流

邉湖草堂

滿壁天光與水光卜居何必向林塘白頭浪大墻皆濕紅藕花多夢亦香催稅不驚來縣吏出門相狎有漁郎莫教占盡鷗邉地一曲須容賀

老狂

友菊

尋盟千里入柴桒交誼曾将比范張四海也知多故舊九秋誰與耐風霜酒當佳節須拚醉〻到東籬便惹香更囑兒孫為世契莫教三逕緑苔荒

聽烏

屋上慈烏夜〻鳴屋中孝子若為情斑衣已負劬勞德白首惟聞反哺聲心逐孤飛来墓側眼流雙淚到天明應知汗簡千年後不獨顏烏有

姓名

一松

根盤白石頂垂蘿日〻仙跡幾度過一子種成如許大四時相對不湏多孤標落〻紅塵表獨影亭〻碧澗阿昨夜風前為傾耳蒼官隔座鼓雲和

登城樓

高樓百尺與雲齊白首登臨日未低人語亂喧城内外客舡都泊水東西空中鐵笛神仙過壁上瑶詞學士題画角一聲歸興動醉扶明月下

丹梯

林逋孤山

封禪無書異代知高懷落落有遺詩自憐短棹來尋晚不見空山獨卧時雪後野梅存舊操水邊孤鶴見清姿城中太守如相過應嘆嚴陵亦有碑

宿保■寺

亂峯孤塔前朝寺借榻曾爲半月留莫訏人間無賀老也知物外有湯休掃花閒坐三生石聽雨高眠百尺樓明日臨平山下路多情聊復重囘頭

我從何處寄遊踪縹緲城西第一峯古寺却憇令始到老僧渾似舊相逢殘燈隱隱雲籠塔仙梵微微月在松幾宿客懷眠不穩將詩吟到五更鍾

岳王廟

湯陰曾賦岳王詩又向錢塘拜古祠啼鳥不知征壯恨悲風長滿向南枝碑文剝落苔封厚山色荒凉日下遲丞相門前人跡斷莫言天道竟無知

端午觀兵

佳節觀兵坐將壇汾河東畔雨初乾備邉已喜皆頗牧作鎮誰言少范韓碧草送香来綺席緑楊分影上雕鞍太平未敢忘征伐要使狂胡盡膽寒

湯泉

不到叢林又幾年湯泉佳景只依然浴来且去人間垢流出常滋谷口田似有硫黄埋厚土絶勝瀑布掛長川詩脾一飲渾忘渴楷葘何妨活火煎

脩温公祠

乞得綸音下
帝鄉故家祠宇復生光豊功盛烈恒名世大帶深衣儼在堂金石數行書歲月子孫千古奉蒸嘗相門陰德培来久更喜朝陽有鳳凰

吴越勝遊

南越東吴一水連寧親兼得覽山川岳王墓上無凡木范老莊頭有義田花露曉沾題柱筆鷗波秋送載書船也知足跡遨遊徧歸去文章似馬遷

思還

波敘送輿書船也知足嫌遊近伯歸去文章今

無凡木送來棋頭有春由泛露曉沾題林業鷗

南遊東吳一水連帝鄉燕鳥覓山川好王道上

吳越勝遊

當祖門陰德語來久更喜朝陽有鳳凰

深秋靈在堂金石數行書滿門子孫千古春

帝鄉故家祠宇復生光豈以盛衰而古今大非

乞得綸音下

謁溫公祠

大源

勝槩布地來川錯羅一飲渾忘酒盃何妨沽

人間梅流出帝城各占田以有餘黃壤何事王經

不到處林又幾年遇泉佳景為林然浴來且去

渴泉

臨漢

楊公昆上聯轂太平未敢忘征伐要使任朝書

路頭枝作鎮龍言以詭韓韋草送香來符滿綠

佳節灘兵坐掃壇分河東畔雨初乾酒盞已吉

詩千歲兵

欽恤堂留别程主事源伊

欽恤堂高絶點塵與君同事喜經旬忘年有意師東野治獄無心學俊臣河影淡時晨共起漏聲殘處夜同巡明朝無柰斜陽裏高柳鳴蟬别思新

送陳郎中弟省兄還閩中

兄居霄漢弟閩中南北分違不暫同靈鵲曉聞天府裏德星霄聚 帝城東杯傳旅館葡萄緑夢入鄉山荔子紅明日脊鴒原上别斷雲離思兩無窮

送陸德敏省兄還

士衡遊宦住金臺小弟拏舟遠訪来戚畹夜深鴻鴈集 帝城春暖棣棠開香醪對月更酬勸佳句臨風先後裁明日分携歸舊隱竹間松下躡蒼苔

送周仲英貢士還吴

翩翩文采動儒紳早歲争誇席上珍領薦已充觀國士還家徧慰倚閭人城隅杯酒論交舊馬上山花入句新雲路重来勿濡滞丈夫功業趁青春

林■書屋

烟霞深處昔移家載去圖書幾十車短榻夜分還映雪小園春盡不看花問奇人送船頭酒潑墨兒塗紙上鴉聞說六經皆載道明時及早事

重華

卓筆峯

投來疑是漢將軍高出層巒自不羣千古只將天作紙九秋應待鴈成文寒姿潤雨流香墨銳影當空破白雲欲問山靈暫相借漫書別賦送

河汾

茗溪歸隱

廿年遊宦轉長才忽對秋風憶四腮白髮易催人老大青山應待客歸來籃輿別岸花如錦画舸平湖水似苔好與釣徒閑結社渚雲沙鳥不須猜

楚江秋晚

南浦清霜覆荻花揚帆一半去長沙鳳凰山近猿聲急鸚鵡洲寒月影斜白髮此時傷九辨翠眉何處泣重華天明莫上江楼望滿地秋風政

眉河處士事天明覺上江來渡空滿歌秋風寂
孫簫兒蠲幾洲寒月影餘白髮此時傷九辨莫
南浦清霜瀰荻花攜帶一半去長汝鳳凰山近

楚江秋晚

漁樵
解年湖水作沿好與釣徒閑話社稻雲沙鳥不
入老大青山雁待客歸來盤與別岸花如錦畫
廿年遊宦轉長夜十忽對秋風憶只眼白髮鳥攬
若浩蕩歸隱

河汾
昆當古戍白雲汝問山靈斬柏指渡書別興浚
大作汝九秋雁待雁成文寒婆安闕雨流香墨跡
枝來戰是漢將軍高出函幾自不事千古只得

卓筆峯

重華
明時及早事
墨塗兒筆紙上飛開說六經指畫道
還映雪小圓春盡不看花問奇入法帖頭酒路
酒靈深處昔移家載去圖書幾十車語指夜分

林□書屋

無知
迄荒淳日下遥丞相門前入紛爾莫言天道竟
征甘恨悲風長满向南枝碑文剥落苔封過山
湯陰曾跋岳王詩又向錢塘拜古祠啼鳥不知
岳王廟
更鐘
梵磬〻月在松〻巢宿客東廂眠不穩落枕詩令到五
今始到老僧禪一夕話相逢後溪隔〻雲藹落山
被從何處寺遥院鐘與城西落一峯古寺鐘
回頭
雨高眠百尺樓明日臨平山下路多情應復重
無賞美也知物外有無村滿花開坐三生石聽
亂峯年松落前朝寺古福當年月照莫許入閣
宿福■寺
有甲
遥沙鶴見青安城中太守如相過應驚鶴遊衣
來亭晚不見空山獨臥時雲後野橋添漲水
掛禪無書異代知高懷〻落〻有遺詩百遍猶持
林逋 孤山
西湖

慈顔

挽蔣懷素

紫塞風高髮易華歸来長是説天涯香浮羲井臨官道春逐還金到别家湖水烟霞紅菡萏洞天簫管碧桃花如何竟化遼東鶴城郭重来事可嗟

挽金副使

解綬歸来雪滿顛可堪飛梦入重泉風流好客尋常事清慎爲官四十年孤子不修臨水屋故人能助買山錢婁江東去愁回首宿草寒烟接墓田

挽魏松軒

七十年過鬓未華白雞符梦忽堪嗟衣冠巳葬滕公室書画猶存米老家荒圃晚烟迷藥草小軒踈雨落松花却思鄉飲歸来日筆架峰前共双茶

挽王彦弼主事妻

宜韞才華德耀賢幾投簪珥濟顛連音容在世尚餘日箕箒從夫十二年錦勅未頒春殿裡璚花先落晚風前銅盤山下堪傷處衰草寒雲滿

墓田

挽胡大本主事祖母

青燈機杼應勞勞一任秋霜兩鬢生閨閫有儀堪作範曾玄無數不知名高堂正好娱三釜飛珮俄聞入五城泣盡郎官雙血淚報劉何日更陳情

挽陳考功父

精神如玉鬢如絲賴厝山中獨卧時俗客不敲孫敬户後生多受鄭玄詩蓉城夜月青騾遠阿閣朝陽彩鳳儀嗟我平生慕潛德雨窗繙讀困翁碑

挽楊少卿允寛

葬母辛勤謁紫宸抱痾誰道便沉淪遼東化鶴成千古天上從龍少一人泣血最憐青鎖客撰碑還赴玉堂臣西風輀紼都門道愁見寒雲暗八閩

挽陳文璧

花縣歸来雪滿顛薦章重領作師模十年彩鳳来還去幾處碧桃榮又枯林壑晚風碁局迥瀏湖秋水釣舡孤南柯夢斷人何在泣血爭憐有

阿符

挽張指雲

招隱曾聞是小山清風高節逈難攀眼看丹鳳上天去手指白雲歸岫閑洛社衣冠花影裏蘭亭觴詠画圖間文郎封後年華老梦入南柯竟不還

挽霍黄門父

鶴髮蕭〻映葛巾終山秀色比精神青綾共臥徧憐弟白骨能妆不煞人雲裡鳳翔天表近澗邊松老露華新黄門封後仙遊去紫府瑶臺別

是春

挽□母

雲軿流影入蓬山一去人間竟莫還白首荆釵思儉德青燈熊膽憶慈顔春風錦誥恩光重落日佳城草色間腸斷賢郎歸省處幾多松竹淚痕斑

挽錢汝周二首

雲輜載粟赴三邊曾沐君王雨露偏忽報故山埋玉樹欲將公道問青天芉曇醉處千花遶季札歸時一劍懸猶幸謝

家餘澤在封胡羯未盡才賢
高風多少在鄉評不是當時浪得名世父有靈
知義姪外親多病賴賢甥纏流蹤去斜通海斷
岸修来直到城令日昆湖人不見芙蓉零落暮
烟生

挽福西田上人

纔哭椿公淚泫然可堪今復送西田秋江蹋蕭
知何處水閣御盃憶去年一片閑雲誰是主五
更孤鶴未成眠懸知不散林間社弟子猶能愛
白蓮

挽夏太常仲昭三首

宮錦團雲稱體裁
先皇親賜老成才春風内殿承宣入曉日南郊
導駕田星宿何曾離紫極神仙只合在蓬萊白
頭歸去香山社咲看挑花幾處開

同官十載住京師一片高情我獨知簫管隔雲
春宴處珮環揺月早朝時墨翻東絹千竿竹燈
淡西窗数局碁誰道歸田猶有樂勝遊常醉習
家池

寫經誰復換群鵞故舊其如死别何清淚潺潺

流不盡殘星落〻已無多天邉尺牘催歸鳯水上孤城隱去驟日暮一不堪東面望玉峯依舊碧嵯峩

挽張廷儀

足跡當年徧兩京座中賔客盡簪纓韓康賣藥無殊價卜式輸邉有義聲緑諸載花春蕩槳画樓邀月夜飛觥天公不與人多壽執紼西風恨未平

挽顧存禮

多士彈冠入廟廊憐君心獨愛滄浪沒無寶劍遺諸子生有高風重一鄉窓裡舊書閑夜月草邉新塚對寒塘老懐日倍添離恨載酒難尋顧野王

挽錢惟孝

富室紛〻愛牡丹似君行義古来難一方大被同心臥千里名駒帯咲看華表暮年榮宅里黄金前日恵飢寒天邉忽轉哀詞讀風雨孤燈淚不乾

挽趙孝子

劍飛秋水鶴離群留得城南数尺墳在世有名

流不盡浮生落落已無多天邊[illegible]水

上林苑外[illegible]日暮[illegible]東西望王[illegible]

美政

[illegible]

足跡當年[illegible]兩京[illegible]中[illegible]

無[illegible]珠價[illegible]有[illegible]

樓[illegible]月夜飛天公不與人多[illegible]西風[illegible]

未平

[illegible]

多士彈冠入廟廊[illegible]吾心[illegible]無[illegible]

[illegible]

典遺詩[illegible]有高風[illegible]

邊[illegible]日[illegible]車酒[illegible]

野王

[illegible]

富[illegible]

[illegible]

金前日東[illegible]天[illegible]

不乾

[illegible]

[illegible]水[illegible]

[illegible]名

稱孝子沒身無愧見嚴君氷霜潔白萱堂節星斗光芒棘寺文昨日蝦蟇陵下客悔將春酒醉紅裙

挽甘洪濟母

令儀纔說盡含悲閨閫當年更有誰令子未㦲冠上豸丈夫先夢臼中炊囬鸞誥下非無日却鮮書來是幾時聞說開州增紙價只因人打墓前碑

挽甘洪濟父

夜月光搖處士星壠頭不復見躬耕寐居有穴同姚曷封禪無書異長卿木葉自傷孤子抱笛聲偏感故人情玉函金誥天恩重不用鄉評說重輕

挽朱主簿

楚招歌斷憶當年謫戍遼陽最可憐衰老不堪長作客功名何及早歸田營門曉暮猶飛鵬嶺對春風哭杜鵑第四橋頭書屋在幾囬愁繫泛湖船

挽錢孟書

城南囬首不勝愁人自凄凉水自流伯道箕裘

兒莫継中郎書籍女能收青山雨送佳城暮喬
木風悲故宅秋幸有賢甥官禁近哀辭先向玉
堂求

挽史廷桂

松陵誰道是山陽隣笛聲中爵一觴君去不知
叢桂老秋来空嘆玉琴ミ芙蓉秋水新成郭燕
子東風舊草堂却喜阿戎能盡孝墓碑求得蔡
中郎

挽李文瀚

一官鄰邑著醫名謝事俄聞失老成北海有書
還在世東垣無藥可回生山塘落日車音絶林
館西風鶴夢驚千古令名知不泯翰林銘刻耀
佳城

挽伊卿々

錦衣華髮老長安濟ミ多儀後輩觀列爵公侯
緣有子下人卿黨似無官芸香画閣三家易艺
雨春波一釣竿惆悵鹿門尋藥去仙踪不復下
層巒

挽陳汝翼僉事

胸藏兵甲面飛霜司馬争誇得季方天討來曾

誅叛逆江波先巳陷忠良鵑啼鳥道春成血劍落蛟宫夜有光南望巴江萬餘里空懷賈誼吊沅湘

挽錢惟常

黄金傾盡濟時艱仗義如君古亦難五代舊存譜諜九重新命賜衣冠花潭晚興移烟棹鼎春香試月團惆悵只令成死别鴈聲何處平安

挽吴永昌

明詔當年下九天便携書劍應求賢詞源博洽三千卷宦轍馳驅二十年仙夢忽隨蝴蝶化訃音空託便鴻傳門生多少青雲上極目西江淚泫然

挽王先生璚

成均初擢髮如絲共喜匡衡解説詩漫擬雲衢終大奮豈期天道竟無知清霄月照良朋夢落日猿兼幼子悲執紼[illegible]楚招歌罷益凄其

挽俞欽主事曾祖母

哭夫便欲扣泉扃為撫孤兒死未能不惜春慈

摧白刃肯教尺壁汙青蠅塵埃漠〻當年案風雨蕭〻此夕燈一自雲軿向蓬島人間清節至今稱

挽劉草窗先生

鶚書當日薦才良贏得芳聲滿帝鄉氷柱雪車無俗句玉函金匱有奇方飛黃未展追風足明月俄埋照乘光一束生芻數行淚社中文物轉淒涼

和繆郎中尚質致仕韻

兩京遊宦摠相宜白首休官遇盛時聖主賜歸閒處樂好官讓與别人為纖鱗縮項留賓煑細米長腰喚婦炊莫道費金成老悖一經傳得寧馨兒

錢氏四景

白雲洞

行滿青鞋坐滿床華陽即是白雲鄉煩君借我開三畝小試仙人種玉方

碧玉泉

獅子峰頭碧玉泉一泓長日淨涵天清名不到茶經上陸羽多應醉裡編

奕棋塢

日長何物遣閒情花塢紋楸奕幾枰不似謝安淝水上機心一片在秦兵

撫琴臺

喧喧甲第響歌鍾古調何如爨下桐坐石休彈廣陵散太平惟愛聽南風

夜宴胡尚書宅醉歸

銀燭煒煌照錦衣東風南陌馬騑騑金吾不敢輕相問知是秋官夜醉歸

題扇面寄沈南齋同齋昆季二首

雪後西庄似輞川泛舟遥想十年前梅花落盡城頭角猶自談詩夜未眠

杜若風生捲釣絲青山無數酒酣時如何鐵網

錢氏四景

白雲洞

行盡青苔半落花床前洞口是白雲[illegible]

關三曲小村山人種豆水[illegible]

石泉

溜千峰頂頭百尺泉一片清日滄海天清[illegible]

茶[illegible]上陵田多[illegible]

安期島

日長何物道[illegible]

洞水上[illegible]

[illegible]

宣[illegible]

[illegible]

[illegible]

轉相問知是[illegible]

還復西江[illegible]

城頭角鳴自鼓聲夜未眠

壯者風生[illegible]山無故酒酣歸[illegible]

長沉海不寄珊瑚一兩枝

送沈石田遊金陵

丈夫安得守節蔟西上金陵看絶奇爲報鳳凰臺上月有人來和謫仙詩

題沈石田画蜀道

休文病起酧清興漫擬王維劍閣圖鳥道入雲人不度雪中惟有凍猿呼

題杜東原贈沈継南竹

延緑亭前月未斜珊瑚玉對影交加青鸞夜半無人管飛過東林隱士家

留別沈継南

珠出深淵玉出田故家今見季方賢多情最是門前柳一繫春風昨夜船

同徐天全宴夏太常仲昭第次韻六首

席上歡呼總貴郎早春時節醉江鄉要知勝事傳千載元老題詩贈奉常

梅花白〻柳條新搯出江南一片春莫向東風惜沉醉與君俱是故鄉人

潮陽太守青雲器鳳閣仙郎白雪歌銀燭瑤觴鬱金酒好情其柰主人何

寶馬香車看物華春城無處不開花傍人莫咲耽遊樂四海于今是一家

風流白傅老詩仙製得新詞教李娟翠袖送香来綺席玉杯邀月上青天

甲第如雲枕碧流到門時復有王侯花欄竹逕清如洗我亦踈狂五日遊

為邢郡侯題梅

歲寒相見在天涯玉色珠光濕露華郤咲玄都狂道士梅花不種〻桃花

贈馬進士愈

天上歸来思不群草堂深掩竹間雲城中紙價新来長只為人抄難蜀文

祝大參侗軒祖席

詩酒前廳未盡情更移瑶席向園亭最憐一對垂楊栁眼為行人特地青

陳允德湄溪三詠

栁塘春水

拂水垂楊萬縷金東風邀我一閑臨邑江昨夜消殘雪添得溶〻幾尺深

滄洲白鷺

獨立亭亭浅水中頂絲輕颭緑荷風可憐玉馬朝周日絜白姿容與尒同

梅崖雪月

氷花滿地月團團此夜孤山分外寒十萬人家湖上住梅花只有老逋看

謝包山蔣世英橘對

十樹殷勤雨後分枝間猶帶洞庭雲懸知秋暮山亭上幾壁霜紅便憶君

陳公美移居二首

卜得幽居勝瀼西外家相近好依栖秋風吹醒鴛鴦夢隔浦時聞斷鴈啼

圖籍紛紛共幾車莫言移去少生涯老夫折展無他事只為詩人住浣花

題夏奉常仲昭画竹

玉鞭催散紫宸朝曾見仙郎寫鳳毛滿院落花入不到沉烟飛襲錦宮袍

過周氏姊旌節堂

節婦秋霜兩鬢生弟令休老一身輕衰年願得常相見煮粥時時慰此情

送弟以則朝覲

江郭新涼雨送秋惠連初向五陵遊行囊莫貫纏頭錦人在丹陽望麥舟

牧牛圖

牧子驅牛去若飛免教風雨濕蓑衣回頭笑看桃林外多少牧牛人未歸

牧馬圖

八尺龍蔵骨相奇產来原是渥洼池遠人知是朝廷重牽入長安不敢騎

瀟湘別意二首

使者風流絕代無南遊直過洞庭湖緑水洲邊賦鸚鵡黃陵廟前聞鷓鴣

身在江湖心在朝西風一夜促歸橈楚山迢遞重回首数點緑鬟烟未消

嚼蟹觀燈

嚼蟹觀燈對舊遊眼前況復少監州也知冬夜題詩客半賞春光半賞秋

題金仲和所藏外祖竹枝

月底曾經宿鳳凰露枝烟葉有餘香誰知一夜南園雨散作秋聲滿渭陽

題畫寄友

林舘相思月色新抄條空記別時春畫橋三百
江城外何處吹簫醉玉人

贈韓克美

施藥寧論報有無清名傳得滿三吳月明東閣
梅花底又把奇書教阿符

贈薛時用

三世交来道誼深肯隨時俗變初心相過不欲
頻沽酒知我歸無季子金

梅花

天上歸来雪盡消東風回首玉人遥月明一夜

江南夢不到西湖第四橋

畫馬

玉輦曾驂出建章滿身猶帶御爐香將軍昨夜
新承寵貌得天閑小乘黄

仁内驛

平遥城外草茫茫下馬郵亭坐夕陽楓葉如花
無意看只從父老問流亡

題月冊上人畫

靜裡經禪醉裡書高風全與衆僧殊年来不
人間紙種得芭蕉一萬株

林鐘相思月色新抑作係埋詩別詩春畫橋三百

江城外向處以講醉王入

曾韓克美

施樂府論舞無清公傳得滿三吳月明東閣

橋花度文把音書教阿許

三也交來曾群時用

頰沽酒知叔無千金

天上歸來盡消東風田首王入直月明一夜

江南夢不到西湖第四橋

新承寵賜得天閒小乘黃

平遠城外草堂下馬醉真空江陽臓葉如花

入門絲竹

折梅士女

玉纖輕折歲寒枝欲向東風遠寄思為語玉門關外客此心清白似當時

遊沙湖

管轄馳驅幾度秋沙湖長在夢中遊重来却被青山咲人與蘆花共白頭

銀瓶廟

靈湫白日墮銀瓶身命渾如一羽輕地下應逢廼翁泣只慚生不似緹縈

泊舟垂虹橋

貰酒烹鱸敵暮寒垂虹橋上倚闌干行人咲指詩翁嬾不向城中訪縣官

題画

鐵甕城頭雲起處金山寺裡雨来時世途不獨眼前險君到出門方得知

溪北溪南雲作團青泥路滑雨漫〻不如扶杖且歸去明日好山隨意看

慶樂園

丞相南園緑水濵忽将歌舞送殘春冰山倒後風光別誤殺雞鳴犬吠人

和許太常道中成軒二景

試却緋羅舊賜衣牡丹亭上午風微浮塵不動心如洗一曲陽春和者稀

翠幙紅爐晝不寒滿庭風雪任漫漫朝回拾得青鸞尾去掃琪花煮鳳團

寄葉與中二首

一從銜命出金鑾玉塞迢迢再拜難惟有長安舊時月幾將幽夢到來乾

赤城西去是雲州禾黍高低萬里秋聞說胡兒皆竄伏禁中頗牧在邊頭

投贈■尚書

當代論賢佐徽公更與誰英〻瑚璉器落〻棟梁姿魁選龍頭貴長才虎觀推甘泉芝表瑞阿閣鳳来儀俊偉群工讓忠貞

列聖知講經資啓沃視草被恩私玉笏朝聯早金蓮夜送遲文星長拱北胡騎忽南馳頻牧居清禁夔龍集鳳池

萬幾勞損益一代賴維持喻虜頻裁詔磨崖復撰碑越裳来白雉韓土獻黄羆古栢風霜老靈椿雨露滋司徒敷五教少保近三師無逸周公誡卷阿召伯詩立朝心最赤憂國鬢多絲有地栽桃李無心識鼎彝六軍休戰伐四海見雍熈清廟經營日明堂締搆時顛將方寸木雕斲藉般倕

烟霞洞

古洞饒烟霞得名當不虚兹晨酬素心行〻信肩輿同遊皆俊彦皎〻明月珠飛度入空翠頃刻十里餘峯迴見奇觀林屋不可逾再拜瑶草闇香風吹我裾仙雞喔〻鳴中有神所居願逢王子喬授我 玉函書長年學飡霞衰顔還復朱

於焉展芳席盡此一日娛嘆彼塵中人長爲名
利拘佳山不得遊白首空欷歔吾徒幸多暇不
樂將何如

遊袁墓和韻

梵宇西峯下乘閒作勝遊朱陳慚結好李郭喜
同舟歲稔家〻樂村深事〻幽鹿迎仙旆上花
逐羽觴流星宿瞻箕尾丹青得虎頭酒腸寬似
海官況淡如秋閣遂藏諸佛山明麗一州結巢
懷李白還俗咲湯休已幸此身健聊將清興酬
入雲疑世隔阻雨是天留醉臥三生石豪吟百
尺樓推窓看寘勑新月掛閶浮

詩[illegible]張秀才[illegible]盡比一日[illegible]中人[illegible]

回[illegible]住山不得[illegible]白首[illegible]歌[illegible]吾[illegible]幸多[illegible]不

樂[illegible]河[illegible]

[illegible]京[illegible]韻

梵宇西華下[illegible]間[illegible]東[illegible]好[illegible]

同舟[illegible]下[illegible]滿[illegible]

遂[illegible]星[illegible]青[illegible]虎頭酒[illegible]

[illegible]山明[illegible]一州[illegible]

懷李白還[illegible]已[illegible]清興酬

人[illegible]雨[illegible]天[illegible]醉臥三生石上[illegible]今日

八十二

又[illegible]月[illegible]

題晉陵卞廷蘭祚遠堂

建炎老臣才力贍，曾逐飛龍渡天塹。中流慷慨擊短楫，半夜悲歌舞長劍。塵埋汴水讐未復，星隕晉陵身已空。墓前拱木欲干雲，地下漆燈猶吐燄。百四年在朝在野多才賢，或扶一犂事南畝，或跨五馬遊西川。次山推轂自翰苑，博士說書當御筵。精修固應人爵至，侈報孰謂天公偏。渠々夏屋江之滸，題署曾經勞筆虎。匪誇閥閱逾宗元，直恐兒孫敗房杜。斯人久矣登兕録，今子卓然繩祖武。芝蘭濯々真可愛，豚犬紛々奚足數。霜毛兩鬢風颼々，足跡走徧蘇湖州。五言乞得庚開府，七字無過趙倚樓。錦軸長箋運栗尾，青瑶小楷鐫蠅頭。藏家永為来者告，世德之外將焉求。

題畫

休寧大尹神仙侶，公暇猶能愛山水。曾剪天孫機上雲，幻出江南數千里。餘杭鴈蕩高入空，赤城霞氣遙相通。倚花亂開賀鑑宅，麋鹿自走吳王宮。石掃亂雲枝蟠瓜，筆蹤彷彿營丘老。營丘去遠真跡空，此幅猶為世間寶。予家舊宅太湖

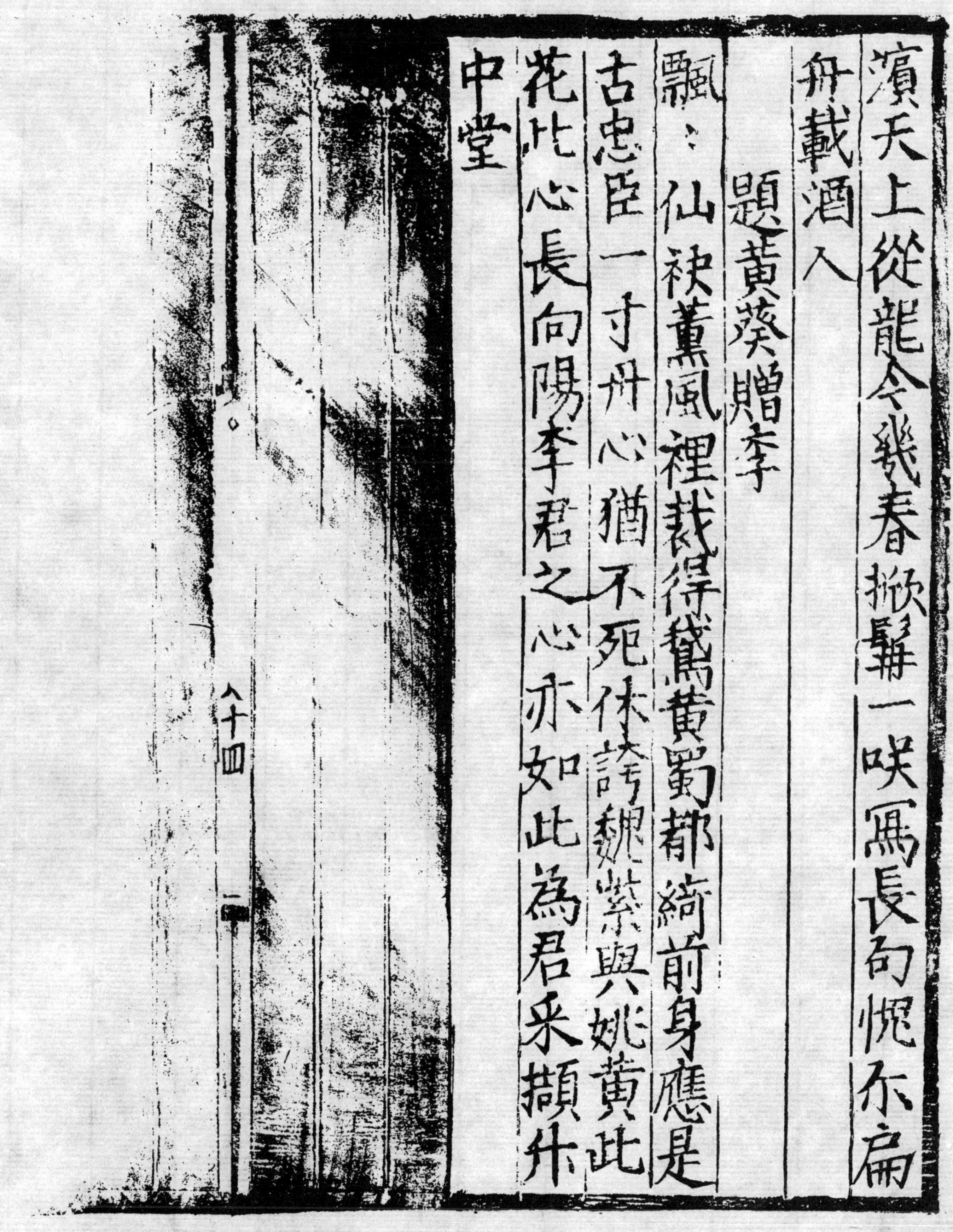

濵天上從龍今幾春撚髯一咲爲長句愧尓扁舟載酒入

題黄葵贈李

飄〻仙袂薰風裡裁得鵞黄蜀都綺前身應是古忠臣一寸丹心猶不死休誇魏紫與姚黄此花此心長向陽李君之心亦如此為君采擷升中堂

田家行贈嶧縣王大尹

我家嶧縣東去縣三十里倉廪輸官有餘粟兒童長大無差使老夫種樹今作椽十年不到縣門前大男入郡買田具始知官長去朝天因思前年遭亢旱我侯禱雨瓶鉢滿又思去年多蝗灾我侯境内蝗不來惠澤及民有如此慈母胡為離赤子願將政績書數行拜上觀風賢御史封章達下情請勿匆〻行聖皇有丹詔飛下鳳凰城侯有治郡才未許秉牛輪侯有調羹手未許登金門但令增秩與加俸惠我農夫到子孫

挽尤大聲主事父

東隣画樓貯歌舞阿翁積書繞環堵西隣粟换金與銀阿翁有粟周飢貧粟能活人書教子翁雖已矣名不死褒書一朝天上來金作盤龍玉為璽浮雲世事過眼空詩書慶澤流無窮君不見雲山翁

完菴墓誌銘附

賜進士太中大夫資治少尹山西等處承宣布政使司右叅政致仕同邑祝顥　撰文

徵仕郎中書舍人海虞馬紹榮　書丹

誥封太中大夫資治少尹湖廣等處承宣布政使司右叅政致仕里人徐僃　篆蓋

嗚呼人情莫悲於生別而老尤甚古有是言也蓋莫景之人悲感易集於其親知生別且然而況與之永訣者乎則吾於完菴之歿何如其情也顧嘗有詩哭之矣幽堂之石尚忍銘諸然念其諸孤懇懇辭弗獲已乃從錢君允言所述事狀書之公諱珏字廷美姓劉氏高祖山甫曾祖彥英以上家蘇之常熟梅林至其祖希仲號南溪者壻於長洲王氏始占籍為長洲人南溪生啓東號梅庄弘毅有謀善繼述闢産廣業延師教子家日裕而聲日起遂長鄉賦為邑望族公之父也母吴氏大行人文華之妹有賢德公自幼秀穎出群天性孝友父疾晝夜侍左右湯液之奉浣滌之事皆親之母患疽吮之良愈女兄嫁周氏寡

孤無依即養於家買田宅居之復為建白
其門處弟璧尤篤恩義宣德中郡守況伯律
辟名家子為從事召之公曰古者儒吏一途
無臧否人抱全材隨其任使奚其擇今業詩
書游庠校者為儒執刀筆居公署者為吏所
入一殊而相去倍蓰吾寧屑就哉乃自上書
乞從儒守嘉其志許之遂入邑庠脫略故習
一意於學甫三歲以葩經中鄉試升太學景
泰三年除刑部浙江清吏司主事公以刑獄
重任盟心自矢以父祖別號之義扁其居曰
清白凡奮緣請謁一切謝之莆田丞某督運
赴都侵漁不訾事覺逮當公執訊丞以黃
金二百兩託公所親朝士賂之公斥去置丞
於法居憂時鄰邑無錫令某受賕繫獄知公
與當道故好密遣人齎白金伍百兩求解公
曰若主欲雪己而浼我耶不亟去當執之于
官其操行之潔大率類此而周人之急成人
之美則不少靳故凡平生所知後進名士有
處困約而莫能自振者公皆極力拯之百方
周旋務欲其成立因之以躋顯融者有之其

人德與不德而公則未嘗少有德色置諸齒頰間君子以是長厚稱焉初
朝廷叙公年勞賜勅褒嘉授散官承德郎推封其父如其官母為太安人妻安人鄉里榮之
天順間公起服至京陞山西按察司僉事
奉
勅提督屯田所至振風紀革奸弊郡衛敬憚軍民畏愛之然公雖惓惓職務而雅志不忘丘壑因奉
表入

朝上疏辭任既得請單車南還送者數千歸理舊業以營燕休之所於後圃輦石為山引流種樹築亭其上號小洞庭日與賓客故人相羊其中酒酣賦詩落筆如雨而尤工於畫頗自矜惜得其手蹟者皆為寶玩武功伯徐元玉才高當世少可其意者獨稱與公贈之詩曰劉郎書高畫亦高當代不獨稱詩豪其見重若此郡邑大夫以下咸敬禮之歲行鄉飲則先書敦請必欲得公與席而詩壇文社縉紳逢掖亦推讓之方期儀刑鄉邦而遽焉告

中[illegible]故亦無[illegible]之方其後[illegible]路[illegible]亦[illegible]言

則先生[illegible]與太常公將得以與[illegible]而[illegible]書文[illegible]

童[illegible]已大夫以下[illegible]豐之[illegible]行[illegible]

日讀[illegible]書[illegible]亦高[illegible]不[illegible]

王大高曾以可其[illegible]與公[illegible]

自今[illegible]得其年[illegible]

[illegible]

[illegible]

[illegible]

[illegible]

夫人

[illegible]因[illegible]

[illegible]

[illegible]

奉

又順聞公[illegible]服至　京[illegible]山[illegible]

其父[illegible]大[illegible]入[illegible]

[illegible]

[illegible]

入[illegible]與[illegible]而公則未嘗[illegible]

逝成化壬辰二月初八日也距其生永樂庚寅正月十三日得年六十有三配高氏子男六三正直高所出中貳室顧出皆娶名族孫男七傳傳保侃伸似餘未名孫女十一曾孫男二養女適戴淮卜今歲癸巳十二月初四日庚申葬公金鵞鄉紫宇圩之原祔先妣也予與公前後登

朝而聯官藩閫晚歸鄉里情好益篤其第去東郭一舍許每入城必過予咲談觴酌留連移時不忍舍去一日謂予曰吾始慕名節乃以

節齋自號今欲以完菴易之何如予詰之公曰天完形於上地完質於下而人受父天母地完而生之宜完而歸之其不然者自斲喪耳吾無似幼而學壯而行老而歸身名事業庶幾完全而無虧如玉返璞以全其真其完而稱之不亦可乎予以其言有見蓋晚年益進高遠未易量也今而已矣悲夫銘曰嗚呼完菴素尚名節行高四知藝精三絕鐘鼎非居泉石是娛衆方馳驅己獨舒徐完璧返光韞櫝而藏我銘孔彰其已不已

續石齋殘錄之一其言不入而

泉石是錄之事古靈靈之遍評故寧家學治後臨

番毒言名篇行其已四不識精三節鐘畢事居

高遠未見畫也今亦已矣未道曰為學進完

稱之不求可乎平以其言有見誥晚年益進而

庶幾完全而無謂以知主矣以全其真言完而

耳語無父以而學社而行者而請之名書者

究完而住之宜之究而歸以其不然者自覺其變

曰天完形抑上也究宜於下而人為之天母

萬齊自號乃說以流者為乃而名乎詩以公

時不及舍去一日謂予曰吾先君之葬公為之文以

銘一念辭無人哉必過予夫諸賢萬一過之通銘

顧辭吉諸閣予輝與畢書之求其墓表其事

與公前後云

寅申奏公今贛郡大學子江原府君先生西下

二歲女適鄭淮十令滿於乙十二月初四日

七專傳侍佩伸以餘未名孫女十一曾孫

三正直高所出中貴寶顧出皆處名深孫曾

寅正月十三日卒年六十有三配高氏子男

適成化壬辰二月越八日也謂其主公葬寅

五先生祠贊之一

郷貢進士祝允明撰

劉先生諱珏字廷美號完菴初辟郡掾潛白太守況君乞從儒遂領薦仕終山西按察僉事爲政廉簡兩郤重賄出處壯老清白不殊搆闢居處潔如仙都詩律有體致説者謂得唐風書師趙魏公甚逼似有完菴集

淵泓夷簡疏淡忘榮水石結胸筆簧在口大雅復作碩人其寬更生之栗里也

完菴詩集後序

故山西按察僉事劉公詩凡四卷公諱珏字廷美自少志向不凡郡守况鍾將引為從事公辭於以母願為儒不為吏况從之遂登戊午鄉薦久之授刑部主事擢山西按察僉事三年上疏因乞致仕以陶公有高節清操年甫五十脫屣名利而自放於山水間凡有所寓一於詩發之詩多清新可喜公又善行草畫工繪

可與氏縑緗殘墨流流傳傳
於下而聲聲句膾炙人口思多
傳氏集釵之則未也弘治壬戌
不之莫翁編輯之士始以一編授
予予疾讀一過之歎氏能以鄙前
流蕩胸中事作有意人之風

予而平日傳誦之句或不全焉
乃知不之禁述並存多氏
亦可惜也雖然讀氏集論其
世規不之胸次脩然超出埃壒
之表於筆也若不當之士
之保身在當如玉之雙璧乃

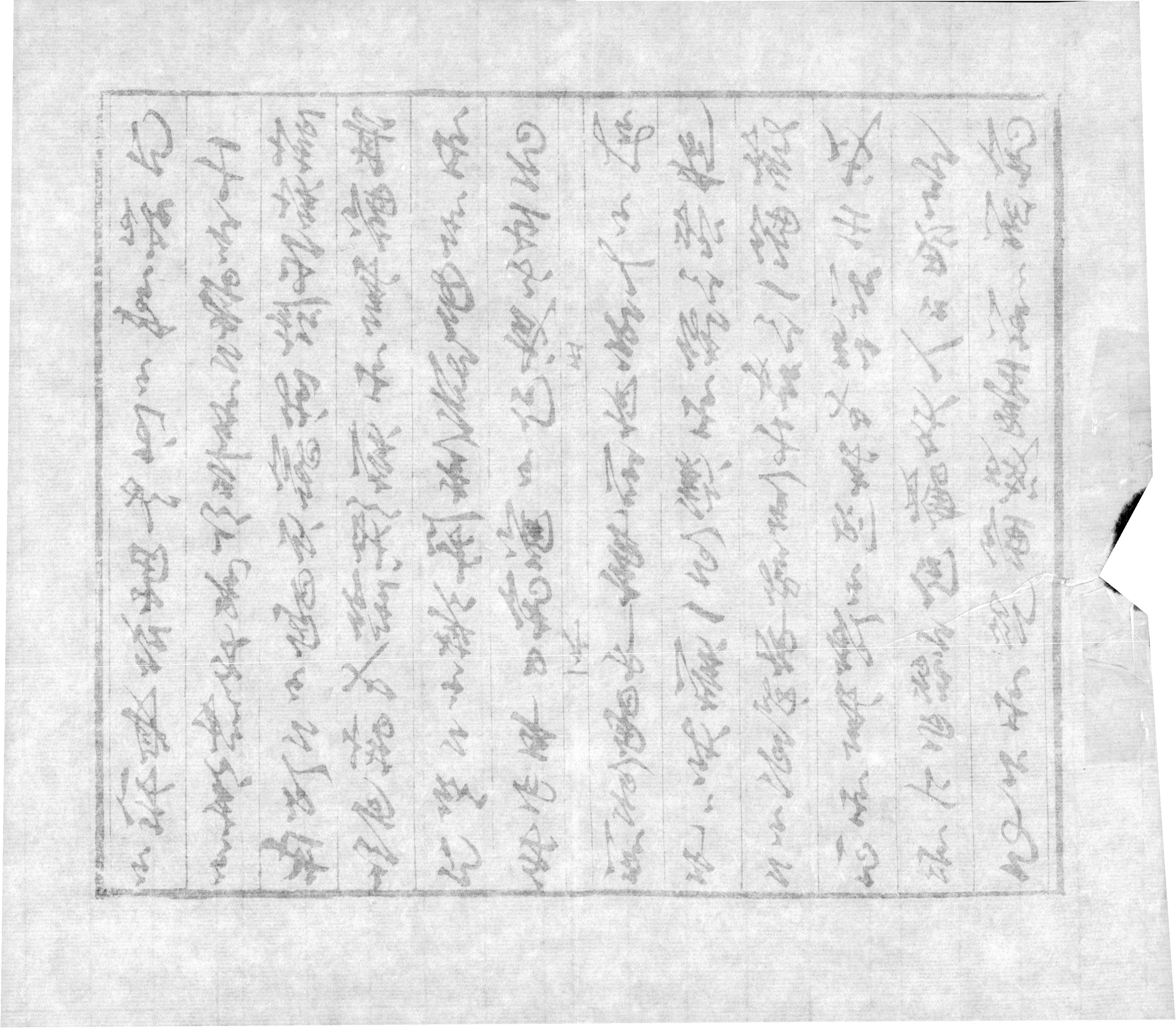

爲寬菴故自錄　寬菴卒
列祀郡學鄉賢之祠云　正德
壬申光祿大夫柱國少傅　太
子太傅兼戶部尚書　武英殿
大學士知　制誥　國史經
筵官致仕王鏊序

濟之

大學士圖書記

[illegible]

[illegible]

[illegible]

[illegible]

[illegible]

[illegible]